# DISCOURS

## *A MONSIEUR*

## DE WAILLY,

### MEMBRE DE L'UNIVERSITÉ.

# DISCOURS

## *A MONSIEUR*

# DE WAILLY,

## MEMBRE DE L'UNIVERSITÉ,

### *POUR L'ENGAGER A DONNER AU PUBLIC*

*le plan général du projet qu'il a conçu*

*d'ortographier conséquemment.*

*Par* M. D'ARRAGON , Comte Palatin ,
Chevalier de l'Ordre doré.

## *A PARIS & A VERSAILLES,*

Chez les Marchands de Nouveautés.

## M DCC LXXVIII.

# DISCOURS

## *A MONSIEUR*

## DE WAILLY,

### MEMBRE DE L'UNIVERSITÉ,

*Pour l'engager a donner au public le plan*
*général du projet qu'il a conçu*
*d'ortographier conféquemment.*

Estimable Wailly, docte gramairien,
Dont les productions font d'un vrai citoyen;
C'eft a toi qu'aujourd'hui ma faible voix s'adreffe
A toi ceint de lauriers, affis fur le permeffe (*a*);
A toi dont le travail fait la félicité,
Dont les favants écrits font brillants de clarté;
A toi dont la candeur, la fimple modeftie
Font goûter les douceurs d'une paifible vie.
Je ne veux pourtant pas, l'encenfoir à la main,
Vanter tes qualités dignes d'un Souverain.
Je ne parlerai point de ta vertu fincere,

A ij

Quiconque te connait, te chérit, te révere ;
Et je ne dirai rien de ce qui fait en toi
Le tendre & digne époux, l'homme de bonne foi ,
Le véritable ami qui fait avec tendreſſe
Inſtruire, diriger la bouillante jeuneſſe ;
Enfin ce qui te rend bon pere, bon parent ,
Pour tout dire en un mot un homme à ſentiment.
Mais auſſi je prétends, par mon diſcours ſincere,
T'engager à donner la nouvelle maniere
Qui ſaura dévoiler aux eſprits étonnés
L'art d'ortographier par des moyens aiſés (b).
Tu veux ſouſtraire envain, par trop de modeſtie,
Le fruit de ces travaux, délices de ta vie.
La maniere d'écrire alors correctement ,
Cet immenſe projet, pour être conſéquent, (c)
Que tu fus propoſer avec tant d'éloquence ,
Ne peut-être le fruit que d'une prévoyance
Qui vraiment n'a pour but que le bien général ;
Et le deſir de rendre un art toujours égal.
En effet, où voit-on les biſares manieres
De peindre même mot en divers caracteres (d) ?
Et quel aveuglement que nous autres français
Voulions être les ſeuls ſi ſouvent imparfaits ?
Pourquoi mettre ou ſouſtraire au gré de ſon caprice
Une lettre à des mots ſans un certain indice ?
Tantôt les alonger, tantôt les racourcir,
Et les écrire enfin ſans jamais réfléchir ?

Ah ! d'un si grand abus ma surprise est extrême;
Je ne puis concevoir que dans la France même
Cette variété place ainsi son séjour :
Dans la France où les arts sont dans leurs plus grand
      jour :
France qui le dispute au beau siécle d'Auguste,
Sans craindre de passer pour orgueilleuse, injuste (f):
France qui sait donner en prose comme en vers,
Des leçons de bon goût à des peuples divers.
France enfin dont l'éclat, d'une voix unanime
Des mortels lui procure une éternelle estime.
Ah ! si d'un coup hardi, mais très officieux,
Tu peux nous présenter un plan vraiment heureux,
Qui nous fasse à la fin rejeter l'habitude
D'écrire très souvent avec incertitude;
Pourquoi le refuser à notre empressement ?
Hélas ! douterais-tu de notre enchantement ?
Ah ! digne de Wailly si la rude critique
T'attaqua sur ce point en stile sophistique (h),
Dois-tu t'en effrayer, & ne saurais-tu pas
Que l'on blâme souvent ce que l'on n'entend pas (i).
Eh ! n'est-ce pas envain qu'un auteur anonime
Voulut te dépriser, te ravir notre estime (k)?
Ne reconnut-il pas que son acharnement
Contre ton digne ouvrage étoit sans fondement (l).
Mais l'on juge, je crois, des vertus & des vices
D'après ses sentiments, & souvent ses caprices :

Ce n'eſt pas d'aujourd'hui que l'on voit attaquer
Ceux qui par leur mérite ont ſu ſe diſtinguer.
Cependant je ſuis loin de vouloir entreprendre
De te juſtifier, même de te défendre.
Un homme tel que toi doit toujours eſpérer
Que ſon nom a jamais eſt fait pour proſpérer.
Mais je puis ſans trembler, au nom de la patrie,
T'engager à produire une œuvre d'induſtrie,
Qui te diſtinguera du reſte des mortels,
Et te méritera les vœux univerſels.
Envain tu prétendrais, du noble ton d'un ſage,
Refuſer par ces mots ton eſtimable ouvrage :
» Je crains trop que mon plan, quoiqu'aſſez raiſonné
» Ne ſoit, ſans examen, des ſavants condamné.
Comment..? Ah ! le devoir du mortel dans la vie
Eſt de chercher ſur-tout à ſervir la patrie.
Oui, le courage doit guider l'ambition
Qui nous fait entreprendre une utile action.
Oui, le progrès des arts fut le fruit du génie ;
Qui tremble d'y voler aime peu ſa patrie.
Oui, l'eſprit ignorant eſt ſeul fait pour ramper;
Mais le ſavant génie eſt fait pour s'élever.
Eh ! que ſerions-nous donc ſi nos maîtres célèbres
N'avaient d'un pas hardi de la nuit des ténèbres
Enlevé le ſavoir pour le faire briller?
Ah ! l'illuſtre Corneille eut le don d'exceller;
Racine, Crébillon, le ſuperbe Voltaire

De leurs noms à jamais font retentir la terre.
Dumarfais, Dolivet, Defcartes, & Boileau
Duclos, Girard, Buffon, Maupertuis & Rouffeau
Boffuet, Maffillon, Bouhours, & la Bruyere,
Malherbe, Fénelon, Vaugelas, & Moliere
Montefquieu, Bourdaloue, & tant d'autres encor
Qu'a rendus immortels leur généreux effor,
Sont d'affez furs garants qu'on doit dans les fciences,
Effayer fans trembler de prendre des licences;
Que l'on doit tout ofer pour le progrès des arts,
Fut-ce même a travers les écueils, les hazards.
Oui ! c'eft en franchiffant les bornes ordinaires,
Qu'on s'éleve au-deffus des écrivains vulgaires.
Oui ! ce font des travaux laborieux, ardents,
Qui menent au fuccès des talents tranfcendants.
C'eft par un noble effort depuis quarante luftres,
Que des mortels, chez nous, fe font rendus illuftres (m).
O ! Mortels dont les noms font facrés pour mon
        cœur !
C'eft vous que je veux fuivre au chemin de l'honneur.
C'eft là, cher de Wailly, qu'il me faut te rejoindre;
Pour voler à la gloire il fuffit de t'atteindre.
C'eft là que je voudrais contempler ton projet,
Qui du Gramairien offre un talent parfait.
Un projet quel qu'il foit eft toujours eftimable,
Quand il offre aux mortels un effet favorable (n).
Ainfi d'un vol actif montre nous le grand art

A iv

D'ortographier bien ſans courir au hazard,
La renommée alors au temple de mémoire
Gravera pour jamais & ton nom & ta gloire.

# NOTES.

(*a*) Je ne crois pas m'avancer en parlant ainſi à un des plus eſtimables hommes du monde, à un homme qui a revu, corigé, augmenté le dictionnaire de Richelet, qui a retouché l'art de peindre à l'eſprit, qui a fait pluſieurs traductions, comme les Commentaires de Céſar, les Oraiſons de Cicéron, &c. qui a refondu les principes de la Langue Latine en les mettant dans un jour plus clair, & les rendant plus précis, & enfin qui a fait une Gramaire qui touche à ſa 9e. édition, gramaire eſtimée généralement, & des Académiciens & des Profeſſeurs les plus diſtingués, gramaire dont en effet le plan eſt des plus heureux, gramaire dont la clarté, la préciſion, le choix des exemples dont elle fourmille, ſont capables de former à la fois l'eſprit & le cœur des jeunes gens, gramaire en un mot qu'on étudie ſans aucun dégoût, qui n'a point l'ennuyeuſe prolixité des fatiguantes demandes & réponſes. La preuve eſt, pour ainſi - dire, ſous les yeux de tout le monde.

(*b*) M. de Wailly a propoſé de rendre l'ortographe conforme à la bonne prononciation, & quel bien n'en réſulterait-il pas ! voyez le précis des moyens de ſimplifier notre ortographe adhérant à ſa gramaire, & ſon traité des moyens ſimples & raiſonnés de diminuer les imperfections de notre ortographe qui ſe trouve chez Barbou, rue des Mathurins.

(*c*) Voyez toujours le précis, & le traité des moyens, &c.

M. de Wailly y annonce les raifons qui l'ont porté à avancer & à foutenir, comme d'autres excellents gramairiens, tel que Meffieurs Duclos, Girard, Dumarfais, Buffier, &c. le projet de fimplifier notre ortographe, & fur-tout de la rendre conféquente. On ne faurait trop louer un tel zele ; car combien eft-on embaraffé pour écrire les mots coreſtement ? les écrivains même chancelent quelquefois, à bien plus forte raifon ceux qui n'ont point les moyens de recourir à l'étimologie. Encore cette étimologie n'eft-elle pas obſervée régulièrement par l'Académie & les autres Auteurs de diſtionnaires : voyez-en la preuve, dans fon traité des moyens, &c.

(d) On a tous les jours des preuves fous les yeux que l'Académie & des auteurs diftingués qui n'en font point, & même qui en font, tel que M. de Voltaire, ne font point d'accord pour écrire les mêmes mots ; or, n'eft-il pas inconféquent que ceux qui donnent des leçons à l'univers ne veulent point fixer parfaitement, & la prononciation, & l'ortographe de notre langue? Dans quel embaras font ceux qui veulent aprendre à parler & à écrire, ne fachant quel Mentor ils doivent fuivre !

(e) Je penfe que fi l'on réfléchiffait plus en écrivant, notre ortographe ne feroit pas fi peu conféquente.

(f) Les Romains fous le regne d'Augufte ont vu fleurir leurs plus grands hommes, auxquels nous pouvons opofer des rivaux en tout genre.

(g) M. de Wailli fe refufe, a ce que l'on dit, de mettré au jour ce projet général dont on ne voit qu'un extrait dans son précis, & son traité des moyens &c. Cependant ce projet ne peut assurément que lui faire honneur. Car que ne doit-on pas attendre, lorsque des travaux ont pour but le bien public ?

(*h*) Un journaliste a critiqué M. de Wailly à cet égard, sans apporter d'autres raisons que de dire d'un ton tranchant que c'étoit un projet ridicule. Est-ce ainsi qu'on démontre aux gens qu'ils ont tort ?

(*i*) Le même Journaliste n'a assurément pas réfléchi sur cette matiere là comme M. de Wailly, au moins il ne nous l'a pas prouvé, chose qu'il auroit du faire avant d'avancer que le projet dont il est question étoit ridicule, voyez le Journal des beaux Arts en J... 1773 où il justifie M. de Wailly contre l'Auteur des trois siécles. Si ce Journaliste a eu alors en vue dans sa critique le désastre qu'un tel changement aporteroit dans les biblioteques, il aurait du aussi remarquer que les bons livres se réimpriment tous les jours, & qu'enfin pour entendre Montagne présentement, que néanmoins on ne jette pas au feu, il faut être familiarisé avec lui, preuve bien sensible des vicissitudes que notre langue, & notre ortographe ont éprouvées depuis 150 ans.

(k) L'Auteur des trois siécles a déprisé des auteurs modernes à toute outrance : sans examiner si ce n'est pas se faire tort à soi-même que de dépriser des hommes reconnus pour avoir du mérite, je remarquerai seulement, que cet auteur a étrangement traité M. de Wailly; il a été assez inconséquent pour avancer qu'on devoit fe donner de garde de mettre fa gramaire entre les mains des jeunes gens. Cet auteur penfait fûrement alors à quelque livres dangereux aux mœurs, mais non pas à un ouvrage claffique, orné d'exemples tirés des meilleurs Auteurs, exemples qui ne refpirent que la vertu. Dans la feconde édition des trois fiécles cet Auteur dit encore du même ouvrage, que M. de Wailly dans une feconde édition poura fe coriger. Il eft bon de remarquer qu'alors cette gramaire étoit à fa feptième édition: preuve qu'il n'a pas lu l'ouvrage.

(*l*) Plufieurs écrivains ont défendu M. de Wailly contre l'Auteur des trois fiécles en lui prouvant évidemment qu'il avait eu tort d'en mal parler : tout le monde eft tombé d'accord que la critique de cet Auteur, loin d'avoir déprifé M. de Wailly, avoit au contraire donné un nouveau luftre à fes talents, en fefant même briller les vertus de fon cœur. En effet quelle modération, quel courage il faut avoir pour ne point chercher, avec des moyens, a terraffer un ennemi qui nous ataque par l'endroit le plus fenfible, je veux dire qui offenfe notre amour-propre, & ataque notre gloire.

(*m*) Confultez tous nos favants, & voyez quel étonnant changement il y a eu dans les fciences, furtout dans les écrits, touchant l'ortographe, la prononciation des mots, & le changement des termes, depuis environ 200 ans : la chofe eft fi évidente que les anciens écrivains parlent, pour ainfi-dire, une autre langue que la nôtre actuelle. Si ces grands maîtres en tout genre n'avoient point hafardé de perfectionner les arts, on ferait encore dans ces tems d'ignorance. Or, ils l'ont fait, fans avoir pu atteindre le fommet de la perfection ; conféquemment il faut tenter les moyens d'y parvenir, & tel eft le but de notre gramairien a l'égard de notre ortographe : eft-il quelque chofe de plus louable !

(*n*) En effet, que nous importe fi le projet de M. de Wailly fait, pour aínfi - dire, évanouir l'étimologie de quelque mots, pourvu que notre ortographe foit plus corecte, plus conféquente. De plus dans la moitié des mots on a déja abandonné l'étimologie pour fe conformer à la prononciation ; & a-t-on fujet de s'en repentir ? Voyez les preuves de ce que j'avance, au précis & au traité des moyens &c. où certe M. de Wailly le démontre évidemment.